OSO BAJO EL SOL

Escrito por Stella Blackstone
Ilustrado por Debbie Harter

Barefoot Books
Celebrating Art and Story

Cuando hay sol,
a Oso le gusta jugar.

**Cuando llueve,
le gusta cantar.**

Cuando hay viento, su papalote le gusta empinar.

**Cuando hay hielo,
le gusta salir a patinar.**

**Cuando hay neblina,
le gusta pintar.**

Se esconde en su cama cuando hay tormenta.

Cuando nieva, hace osos de nieve.

Cuando hay luna,
¡cuántas cosas se inventa!

Cualquiera sea el tiempo, lluvioso o soleado,

Oso logra estar siempre feliz y ocupado.

Primavera

Verano

Otoño

Invierno

Para Felix — S.B.
Para Julia e Isabella — D.H.

Barefoot Books
2067 Massachusetts Avenue
Cambridge MA 02140

Este libro está compuesto en Futura.
Las ilustraciones están realizadas en acuarela, pluma y tinta y crayón en papel grueso de acuarela.

Diseño gráfico de Polka. Creation, Inglaterra
Separación de colores de Grafiscan, Italia
Impreso y encuadernado en Singapur por Tien Wah Press (Pte) Ltd.

Este libro está impreso en papel 100% libre de ácido.

3 5 7 9 8 6 4 2

Blackstone, Stella
Oso bajo el sol / escrito por Stella Blackstone ; ilustrado por
Debbie Harter ; traducido por Esther Sarfatti.
1st Spanish ed.
[24]p. col. ill. ; cm
Originally published as: Bear in Sunshine, 2001
Summary: Bear likes to play in all kinds of weather.
ISBN: 1-84148-778-3
1. Weather —Fiction. 2. Bears —Fiction. 3. Stories in Rhyme. I. Harter, Debbie,
ill. II. Title.
[E]–dc21 2003 AC CIP